Vente du Samedi 17 Mars 1877

SALLE N° 1

BIJOUX ANCIENS

ET

MODERNES

MINIATURES, MATIÈRES PRÉCIEUSES

ORFÉVRERIE ARGENTÉE

PORCELAINES ANCIENNES DE LA CHINE ET DU JAPON

OBJETS VARIÉS

EXPOSITION PUBLIQUE : le Vendredi 16 Mars 1877

DE UNE HEURE A CINQ HEURES.

M CHARLES PILLET
COMMISSAIRE-PRISEUR,
10, rue de la Grange-Batelière.

M. CHARLES MANNHEIM
EXPERT,
7, rue Saint-Georges.

CATALOGUE

DE

BIJOUX ANCIENS

ET

MODERNES

Nécessaire Louis XV en jaspe ; Montres Louis XVI et autres ;

MATIÈRES PRÉCIEUSES ; MINIATURES ; ORFÉVRERIE ARGENTÉE ;

BELLES ET ANCIENNES PORCELAINES DE LA CHINE ET DU JAPON

telles que :

Vases, Jardinières, Bols, Assiettes, Statuettes, etc.

VASES EN CÉLADON BLEU TURQUOISE ;

Objets variés.

DONT LA VENTE AURA LIEU

HOTEL DROUOT, SALLE N° 4

Le Samedi 17 Mars 1877

A DEUX HEURES TRÈS-PRÉCISES

Par le ministère de Me **CHARLES PILLET**, Commissaire-Priseur,
10, rue de la Grange-Batelière,

Assisté de **M. CHARLES MANNHEIM**, Expert, 7, rue Saint-Georges

Chez lesquels se trouve le présent Catalogue.

EXPOSITION PUBLIQUE : le Vendredi 16 Mars 1877,

DE UNE HEURE A CINQ HEURES.

CONDITIONS DE LA VENTE

La vente se fait au comptant.

L'acquéreur payera *cinq pour cent* en sus des enchères applicables aux frais.

L'Exposition mettant le public à même de se rendre compte de l'état des objets, aucune réclamation ne sera admise une fois l'adjudication prononcée.

Paris. — Imp. de PILLET et DUMOULIN, 5, rue des Grands-Augustins.

DÉSIGNATION DES OBJETS

BIJOUX

1 — Joli nécessaire Louis XV en jaspe sanguin monté en or, avec poussoir formé d'un brillant. Les ustensiles sont en or gravé.

2 — Montre Louis XVI en or de couleur ciselé. Mouvement de Berthoud.

3 — Petite montre Louis XVI à répétition en or ciselé. Mouvement de Lépine.

4 — Montre à répétition en or de couleur, ciselé à sujet de chasse au sanglier.

5 — Montre de dame en forme de carquois en or ciselé, enrichie d'une peinture sur émail encadrée de roses. La chaînette d'or est enrichie de deux rosaces ornées d'un brillant entouré de saphirs.

6 — Montre de dame, modèle boule, en or, travaillé au grènetis ; avec chaînette d'or enrichie de brillants et de saphirs.

7 — Tabatière oblongue en argent. Le dessus est orné d'une peinture sur verre.

8 — Zarf ou porte-tasse en or gravé et émaillé, décoré de fleurs et de feuillages.

9 — Garniture de bureau en jaspe vert sanguin montée en or ciselé et gravé. Elle se compose d'un cachet, d'un canif et d'un couteau à papier dont la lame est en vermeil.

10 — Porte-plume à manche formé d'un ceps de vigne en argent ciselé et doré.

11 — Porte-plume à manche incrusté de matières précieuses et monté en or.

12 — Bracelet à chaînette d'or avec fermoir et cassolette en or émaillé et lapis.

13 — Petit cachet en jaspe sanguin avec attache en or gravé.

14 — Gros cachet en agate d'Allemagne, taillé à pans.

15 — Broche, camée tête de femme avec entourage en or et quatorze perles fines.

16 — Broche, ornée d'une intaille, tête d'homme casqué, avec entourage formé de feuillages émaillés vert sur or.

17 — Deux boutons de manchettes et un médaillon ornés
de têtes en platine et montés en or.

18 — Deux boutons de manchettes formés de grecques
en or.

19 — Chaîne de gilet en or et boules de lapis.

20 — Garniture de douze boutons en onyx noir, rubis
et or.

21 — Paire de doubles boutons de manchettes en or gravé
et turquoises.

22 — Miroir de toilette en filigrane d'argent, cuivre doré
et parties émaillées. Travail chinois.

23 — Montre de dame en or et émail noir.

24 — Montre en or à remontoir intérieur.

25 — Montre de dame de chasse en or.

26 — Châtelaine en argent ciselé, à feuillages émaillés et
médaillon représentant saint Georges terrassant le
dragon.

27 — Agrafe de manteau en filigrane d'argent.

28 — Quatre fermoirs de livres en argent ciselé dont un
incomplet.

29 — Diadème formé de fleurettes en filigrane d'argent.

30 — Deux boutons d'oreilles et un bouton en stras e*
. argent.

31 — Tabatière oblongue en or guilloché et ciselé, ornée
d'une mosaïque de Rome représentant un paysage.

OBJETS VARIÉS

32 — Deux petits flambeaux du temps de Louis XV en
cuivre doré.

33 — Petit sucrier en coco, avec monture en argent du
temps de Louis XIV.

34 — Soufflet en bois sculpté, avec dessus, par Bagard de
Nancy.

35 — Petit cadre ovale Louis XVI avec nœud, en bronze
doré.

36 — Deux grands panneaux en noyer sculpté. Epoque de
Henri IV.

36 *bis.* — Deux jolis médaillons ronds, offrandes à l'Amour,
exécutées en bas-relief en cire blanche.

MINIATURES

37 — Jolie miniature ronde sur ivoire, attribuée à Campana. — Portrait de jeune femme vue à mi-corps, tenant un cahier de musique.

38 — Miniature sur ivoire. Judith tenant la tête d'Olopherne.

39 — Miniature ovale, à l'huile sur cuivre. — Portrait d'homme portant une large collerette blanche plissée, ainsi que le collier de l'ordre de la Toison d'or. Cadre en cuivre repercé à jour.

40 — Miniature ovale à l'huile sur cuivre.— Jeune femme en costume du temps de Louis XV.

41 — Autre miniature à l'huile sur cuivre. — Portrait de femme du temps de Louis XIV. Cadre en bois sculpté et doré du temps.

42 — Miniature ovale sur argent, attribuée à Téniers. — Groupe de deux figures.

43 — Deux pièces : miniature sur ivoire, buste d'homme et dessin gouaché, tête de jeune fille.

44 — Miniature rectangulaire sur vélin : Portrait de Charlotte-Aglaé d'Orléans, fille du Régent, assise devant

un portrait d'homme et ayant près d'elle sa fille Marie-Thérèse-Félicité d'Este.

45 — Deux miniatures sur vélin, l'une ovale représente un portrait d'homme et l'autre un portrait de femme du temps de Louis XV.

46 — Tableau en vernis de Martin, encadré. — Arlequin à table.

MATIÈRES PRÉCIEUSES

47 — Groupe de deux vases en jade, représentant des chimères. Sur socle en bois de fer.

48 — Cornet en jade avec socle, les deux pièces repercées jour.

49 — Groupe de deux cornets en cristal de roche. Sur socle en bois de fer.

50 — Groupe en jade, formé d'un vase entouré d'arbustes et de figures, sur socle en bois de fer.

51 — Grande théière en jade gris verdâtre, gravé à fleurs en relief.

ORFÉVRERIE

52 — Grand et riche brûle-parfums, porte-fleurs à plateau. — Bronze ciselé, gravé et doré. Style oriental.

53 — Trois corbeilles, surtouts porte-fleurs. — Bronze ciselé, argenté.

54 — Service à café : plateau, cafetière et sucrier à couvercle. — Bronze ciselé, gravé, doré et argenté.

55 — Buire et son plateau, trois pièces. — Bronze ciselé, repoussé, doré et argenté. Modèle oriental.

56 — Ménagère à l'anglaise, bacchante et feuillages en bronze ciselé, doré et argenté ; six flacons en cristal doré, dont les garnitures et la cuiller sont en argent.

57 — Ecuelle, plateau et couvercle. Style Louis XV. — Bronze ciselé et argenté.

PORCELAINES DE CHINE
ET DU JAPON

58 — Joli vase en forme de balustre, en ancienne porcelaine de Chine, décoré en émaux de la famille verte, à sujets familiers et ornements.

59 — Beau vase en forme de rouleau, de même qualité et
de décor analogue.

60 — Autre beau vase en forme de rouleau, de même qualité. Celui-ci peut faire pendant à celui qui précède.

61 — Deux vases, forme droite et à gorge, en ancienne
porcelaine de Chine, décorés de grands personnages,
émaillés en couleurs.

62 — Deux jolis petits vases en forme de balustre carré, à
gorge, décorés de sujets familiers en émaux de la famille rose.

63 — Grand vase en forme de gourde, en porcelaine de
Chine, décoré de fleurs et d'oiseaux en camaïeu bleu.

64 — Vase de forme analogue, en ancienne porcelaine de
Chine, à décor de paysages en camaïeu bleu.

65 — Vase en forme de gourde, décoré de fleurs et d'ornements en émaux de la famille verte.

66 — Deux petits pots à tabac à couvercles plats, en vieux
Chine, décorés de fleurs et de grues sacrées en émaux
de la famille rose.

67 — Deux vases de forme analogue, décorés de dragons
émaillés vert sur fond blanc.

68 — Vase en forme de balustre carré, à anses têtes chimériques en céladon bleu turquoise.

69 — Deux vases en forme de balustre et porcelaine de Chine décorés de fleurs arabesques et d'ornements en camaïeu bleu.

70 — Quatre bols en céladon bleu turquoise uni.

71-72 — Douze petits vases en céladon bleu turquoise, de formes variées. Ce lot sera divisé.

73 — Joli vase en forme de bouteille, en céladon bleu turquoise à fleurs arabesques gravées sous émail.

74 — Vase en forme de balustre, en céladon bleu turquoise à moulures saillantes.

75 — Vase en forme de balustre en céladon bleu turquoise.

76 — Vase en forme de bouteille en céladon bleu turquoise.

77 — Petit vase en forme de gourde aplatie, à deux anses en céladon bleu turquoise.

78 — Petite jardinière carrée en céladon bleu turquoise.

79 — Autre jardinière de même qualité, de forme basse à anses à mascarons.

80 — Deux petits vases en forme de balustre, en vieux Chine décorés de figures dans·des paysages en émaux de la famille verte.

81 — Deux vases de même forme en vieux Chine, décorés de fleurs en émaux de la famille verte.

82 — Trois pitongs carrés, en vieux Chine, décorés de figures en émaux de la famille verte.

83 — Deux pitongs de forme cylindrique, décorés de figures en émaux de la famille verte.

84 — Deux petits vases en forme de balustre carré, décorés de fleurs et paysages en émaux de la famille rose.

85 — Deux petits pitongs en vieux Chine à figures gaufrées en relief et découpés à jour.

86 — Deux jolis petits bols en ancienne porcelaine de Chine, décorés de fleurs et attributs en émaux de la famille verte.

87 — Deux potiches en ancienne porcelaine de Chine, décorées de fleurs et d'oiseaux en émaux de la famille verte. Quoique différent de décor, ces deux pièces peuvent se faire pendant.

88 — Deux vases en forme de rouleau à gorge en vieux Chine, décorés de figures en émaux de la famille rose.

89 — Petit vase en forme de balustre renversé, en porcelaine soufflée de la Chine.

90 — Potiche en vieux Chine, décorée de chimères en émaux de la famille verte sur fond à rosaces rouges.

91 — Deux vases en forme de balustre à pans en porcelaine de Chine, décorés en bleu et rouge de cuivre, à paysages.

92 — Grande assiette en vieux Chine, décorée de deux vases modèles au centre. Encadrée.

93 — Potiche en vieux Japon, décor polychrome ; cavaliers galopant dans des rochers.

94 — Deux petites bouteilles en ancienne porcelaine de Chine, montées en argent.

95 — Plat en vieux Japon, décor bleu.

96 — Assiette à décor bleu. Marque à six caractères.

97 — Deux assiettes en vieux Chine, décorées de figures de Chinoises dans une pagode.

98 — Pi-tong carrée en vieux Chine.

99 — Pitong cylindrique repercé à jour.

100 — Plat rond en vieux Chine, décoré de deux figures de Chinois.

101 — Petit plat en vieux Chine, Chinois portant un parasol.

103 — Tasse haute et sa soucoupe en vieux Japon.

102 — Six tasses avec soucoupes de même dessin.

104 — Deux autres tasses avec soucoupes.

105 — Beau bol en ancienne porcelaine de Chine à décor intérieur et extérieur.

106 — Chope en vieux Chine à décor bleu, montée en étain.

107 — Assiette armoriée en ancienne porcelaine de Chine.

108 — Assiette en vieux Japon, décorée de figures de femmes.

109 — Deux assiettes décorées de personnages en costumes du temps de Louis XIV.

110 — Assiette en vieux Chine avec coq au milieu et marly décoré d'émaux blancs.

111 — Potiche en vieux Chine à médaillons décorés de poissons.

112 — Deux bouteilles en vieux Chine à décor bleu; Chinois à table. Pièces mentionnées par A. Jacquemart dans son Histoire de la porcelaine.

113 — Tasse fine et soucoupe à personnages.

114 — Tasse fine et soucoupe à médaillon à fleurs et rinceaux sur fond en mosaïque rose.

115 — Théière fine à six pans mosaïque rose et médaillons à fleurs et insectes.

116 — Théière en forme de boule aplatie à décor mosaïque rose et médaillons à coqs.

117 — Petit godet en vieux Chine fond jaune. Marque à quatre caractères.

118 — Petit compotier en vieux Chine, décoré d'iris en couleurs. Bordure à rinceaux Louis XIV. Pièce gravée et décrite par A. Jacquemart dans son Histoire de la porcelaine.

119 — Petit compotier Chine : Six personnages sous un bosquet. Marly, fond vert, mosaïque avec médaillons ornés de fruits et d'insectes. Pièce décrite par A. Jacquemart.

120 — Assiette en vieux Chine, décorée de bambous et encadrée.

121 — Deux jolies statuettes de Chinoises en vieux Chine ; l'une rose, l'autre rouge, avec socles. Haut., 35 cent.